川筋気質とダボハゼ女

ONGA Satoko
遠賀郷故

文芸社

もくじ

第一章　飯塚の姉御たち

1．川田の姉さんとの出会い

川田佳江――昭和の終わり頃に一世を風靡した筑豊協友連合会（しかし、この組織は二代で終わった）、川田一家の初代会長の奥さん。

晩年は会長亡きあと、組はないが、残った組員の面倒を見ながらひっそりと暮らしていた。

昭和の頃は筑豊の暴力団組織は、鳥尾峠を挟んで、飯塚と田川の二つに大きく分かれていた。ここでいう筑豊は今の飯塚市周辺（現在の飯塚市、嘉麻市、桂川町など）である。今の田川市周辺は入っていなかった。

昭和四十八年秋、二十二歳で主人と結婚した私は、この飯塚に嫁いできた。

慣れない飯塚の街は、ごみごみしていたような気がする。まだいくつか三菱の炭鉱などが残っていた頃である。飯塚は福岡県の真ん中に位置し、福岡県のどこから来ても一時間。盆地で福岡県のへそとも言われ、地元ではへそ音頭が歌われている。そしてここ飯塚で私は〝アサリは買うものである〟ということを知った。私の実家は海沿いにあり、子供の頃からアサリは捕って食べるものであり、そしてそれが遊びでもあった。私たちの子供の頃は親の手伝いが遊びでもあった。また、アサリの高値に驚いたものだ。

でも、飯塚は海こそないが、慣れるととても住みやすい。福岡市と違い、何もかもひとまとめで官公庁関係も間近にある。

――勿論暴力団組織も。

私が川田の姉さんと出会ったのは結婚して二週間ぐらいの頃だった。

主人が行き先を告げず、私を車に乗せてどこかに連れていった。

そして車を路上にとめて（その頃は駐車違反も今より厳しくなかった）、車の入れない細長い路地を歩いていった。現在の忠隈であった。

主人は私にも来るように言った。一番奥に家があり、細長い形の家であった。

今思うと、炭鉱の長屋の一角であったのだろう。

主人が玄関を開けると、五十代ぐらいの恰幅のいい男の人が食事をしていて、その隣に、ニコニコ笑ったその男の人の奥さんらしき女性がいて、私を見てすぐ、「茂雄、どっからだまして連れてきたと？」と、言った。

「姉さん、だましてないですよ、これが来るといったので仕方なく結婚しただけですよ」と、私を目の前に置いて平気で言う。

（見合い結婚をして一緒になった私たちは、恋愛期間があれば絶対別れていたと思う。でも、見合いをして二か月足らず、私の両親も何の因果か、娘は早く嫁にやれという主義でさっさと話が決まった。恋愛経験に疎い私は、主人が普通の男であると思っていた。その後主人がどういう男か、うすうすわかってきたあとも、母は、最初嫁いだ男が悪いと言って、別れてまた他の男と一緒になっても、もっと悪いのにあたると、持論を言い続けた。——これ以上悪い男がどこにいるんや）

そこでその男の人が「よしえ（その奥様の名前らしい）、いらんこと言うな、びっくりしとうぞ。思っても口に出すな。悪かったな、結婚式行かれんで。それにしても、えらく可愛い母ちゃんやな（そう、そのときは若く可愛くも見えた？）」

若い私はその夫婦が誰なのか、また、主人とどういう関わりがあるのかわからなかった。でも、その男の人の薄い白シャツの下から入れ墨らしきものが目に映った。これが世にいうやくざなのか？　いくら鈍感な私でもわかった。入れ墨さえなければ、普通のやさしい夫婦に見えた。

主人は親戚ではないが、奥様に〝姉さん〟という。男の人には〝会長〟という。のちにこの男の人が、筑豊一帯にたくさんある、今でいう暴力団事務所のすべてを束ねる「筑豊協友連合会初代会長川田俊一」とわかる。

2. 筑豊炭田地帯

筑豊は炭鉱町、そしてやくざ発祥の地とも言われていた（次郎長さんとどちらが先か誰に聞いてもわからない）。炭鉱労働者を取り締まる「労務」と言われる仕事のほとんどが、やくざ関係の人だったという。

筑豊という名は、明治十八年に設立された筑前国豊前国石炭坑業組合の名称になぞられているそうだ。まさに「石炭の街」という意味である。

遠賀川の流域、二〇キロ四方に石炭層があり、筑豊炭田地帯（今の飯塚、田川をはじめ、直方、鞍手まで含む地域）と言われ、北九州工業地帯と、全国に広く知られていた。

遠賀川の至るところの渡し場からは「五平太船」が出て、若松港まで石炭を運ぶ。若松港からは、さらに大きな船で玄界灘を渡り、各地にその石炭は運ばれていった。歌と映画で知られる「花と龍」は若松港を舞台として、その石炭の荷下ろしをする「ゴンぞ稼業」と呼ばれた人々、そのなかで生きぬいた侠客玉井金五郎が主人公である。

全盛当時の筑豊は、日本の石炭搬出量の半分以上を搬出し、炭鉱景気で日本の経済を百年支えたとも言われていた。

ところが、栄枯衰退は常に起こるもの。昭和三十年代の高度経済成長期にエネルギー源が石炭から石油に代わってからは炭鉱閉山が相次いだ。炭鉱跡地は荒れ放題、田畑は沼化し、地盤沈下で家屋は倒壊の危険にさらされていた。失業者は増え続け、全国一の生活扶助家庭地帯となる。このことより全国から筑豊の貧しい子供たちを救おうと「黒い羽根運動」で募金などを集めたが効果はあまりなく、筑豊の多くの子供たちは、中学校卒業と同時に集団就職で故郷筑豊を離れていった。しかし一年もたたないうちに、都会になじめず帰ってくる子供たちもいた。また、帰ってくればいいが、故郷に錦を飾れず、そのまま都会に埋もれる子供たちもあったはずだ。皮肉にも数十年経った今は、飯塚は学園都市に変わった。

また筑豊の窮地を救おうと、石炭六法と言われる法律が制定され、倒産した炭鉱の経営者の代わりに国が予算を計上して、補償費として鉱害復旧工事という公共事業が施工されるようになった。それにより、一時的に筑豊の建設業界は黄金時代を迎える。この時代、他の地域の建設業者は「筑豊は遠賀川があるから公共事業が多いですね」と称賛していたものだ。

この法律は再三延長されたが、平成十三年頃についに廃止された。

一方で炭鉱がなくなっても、残った遺産もある。

例えば私の住む筑豊、飯塚には、大正時代、炭鉱王をとして名をとどろかせた伊藤伝右衛門邸があり、そこに伝右衛門に嫁いできた華族出身の詩人、柳原白蓮が十年過ごしたということもあいまって、今もなお飯塚の名所となっている。

さらに飯塚は銘菓の宝庫である。炭鉱労働者は甘いものを好んでいた由縁であるとも言われている。

黒いダイヤとも言われた石炭を掘って掘って百年。炭坑節を踊って踊って百年以上。

旧穂波町（現在飯塚市と合併）にあるぼた山は、今も現存する平地ピラミッド型ぼた山といい、日本最大級の大きさで、その稜線の美しさから、別名筑豊富士と言われる。閉山して四十年経った今は緑に変わり、とてもボタ山だったとは思えない。地元出身の木村隆衛が歌う主人が大好きな「筑豊一代」は、まさにその通り歌っている（黒いぼた山緑に変ええりゃ　やがて明るい月が出る♬〜）。

主人の父も、炭鉱労働者であった。炭鉱労働者は、戦前から戦後すぐまでは労働基準法もなく、過酷な労働を強いられていた。坑掘内は一・二メートルぐらいの高さのところもあり、這いつくばって、つるはしで石炭を掘っていたという。その過酷な労働のなかで、石炭の粉塵を吸って肺を悪くした炭鉱労働者の塵肺訴訟は、大きな社会問題となった。その訴訟は遺族に受け継がれていった。

戦前の労務は軍隊並みで、逃げ出そうとした炭鉱労働者を捕まえて、拷問に近いような罰を与えた。後ろ向きに座らせ、手を縛り、青竹で殴っていたらしい。主人の一番上の姉は子供の頃、その光景をたまたま見て、しばらく食事ものどを通らなかったという。主人の父はそのなかで主人の母（姑）とともにコツコツ財を成し、息子にはきっと背広姿でできる仕事をさせたいと思っていたらしい。その主人の父は、私と主人が一緒になる前に亡くなっていた。苦労に苦労を重ねて亡くなったと姑は言う。

3. 会長の侠客道

昭和の暴力団は義理人情があり、親分のためなら命を張るという覚悟で組員となる。任侠道である。

川田会長は主人に、こう言っていたらしい。

「俺はやくざ、暴力団と違う」

どう違うのか?

「やくざは素人さんには迷惑をかけない。義理ある人には命を懸ける、これが任侠道。任侠道を貫くのが侠客。しかし近年暴力団という呼び名に変わり、その名の通り暴力団」と会長は言う。

でも会長は、やくざで侠客という呼び名がぴったりだと主人は思ったという。

少年から青年になりかけの頃、一時的に任侠道がかっこいいと思い憧れ、組員になる若者がいた。任侠道一色の高倉健の映画を見ると、たしかにかっこいい。

でも、こんなにかっこよくは生きられない。組を構えるまで上りつめるか、一生親分のかばん持ちか、女のひもになるか、懲役に行くか。はたまた覚醒剤中毒となり身を滅ぼす。

ある侠客の人は、「年を取ってまで懲役には行きたくない」と本音を漏らす。「棺桶まで、仁義は担げない」と。

懲役から出てくると、それなりの後釜がちゃんといて、組のために懲役に行ったのに、帰ってくると居場所がなくなるものである。

そういう対立から仲間同士で揉めることも少なくない。懲役から出てくると、顧問という役職になるらしい。一線には次なるものがすでにいて、「老兵は去れ」というが如く、勤めを果たして帰ってくる先輩を煙たがる。

こういう事件があった。私たちが結婚して二年目ぐらいであった。自分が懲役に行っている間に自分の弟分が組を構えていた。

どういういきさつかはわからないが、懲役から出てきてすぐ、兄貴分がその弟分を殺傷したという事件があった。その事件を夜中にわざわざ主人に知らせに来る人もあった。その弟分は主人の所へよく出入りしていた。そのとき、殺人というものが身近に起きる恐ろしさを知る。弟分は二十か所刺された傷があったそうだ。映画みたいにスパッとひとつきで人を殺せるものではない。そのとき川田会長はひとこと言ったそうだ。「あれは組を構えるのが十年早かった。出来が悪い」と。兄貴分はそれからまた懲役にいったという。

しかし、それは組織の大きな組の話であり、小さな組は勤めを終えて戻ってきても、組全体がないということもある。極道の懲役は長い。そのあいだに世間は変わる。組がなくなると、会長の直系になるか、それができず堅気に戻るものもいる。でも身につけた技術もなく、どう生きるのか?

殺された弟分の組には二、三人若い衆がいた。でも、あとはどうなったか主人もわからないという。

4．ばくちと仕事

炭鉱全盛期の頃、炭鉱労働者やその関係者は、ばくちが好きだった。宵越しの銭は持たないという言葉のように、炭鉱で稼いだお金は一日で使い果たす炭鉱労働者も多かった。炭鉱は流れ者も多かった。

流れ者の荒くれ男を管理するのも労務だった。ばくち好きは炭鉱閉山後もしっかり受け継がれていった。

川田会長もばくちが好きだった。主人は暴力団の組員ではないが会長が大好きで、よく自分の車に会長を乗せて、嬉しそうにばくち場へ行ったものである。私はそのとき、主人はどこに行ったか、だれと行ったか、なにをしに行ったか、さっぱりわからず、主人の母や姉たちに聞いたが、「金融の集金に泊まりがけで行った」という。ここでふつうは「女か？」と考えるはずだが、私は不思議と、それはないと確信があった。

主人が会長を自分の車に乗せて、ばくち場に行ってるのが分かった後に「なんでほかの子分さんが乗せて行かないの？」と、私はその頃はまだこういう言葉づかいで主人に聞いたことがある。今なら「いっぱい若いもんがおるのに、なんであんたが乗せていくと！」と言うだろう。

主人は「馬鹿いえ、ほかの県に筑豊ナンバーで行ったら警察の検問にすぐひっかかる。会長と若いもんやったら抗争と思われて事情聴取されるが、俺なら真面目そうやけん警察に止めんられんとちゃあ」と、どこが真面目だ。

「だけん、〝あれ〟たちも行きたかろうけど連れていけんとちゃあ。本当に抗争と思われる。〝あれ〟たちは人相悪いけん！」

〝あれ〟たちとは主人の取り巻きのことである（仕事をしない、ばくちが大好きな男たち。一時はやくざであったが、何らかの理由で堅気になった男や、事業に失敗して行き場のない男など、でも彼らは彼らで辛い悲しい過去があったようだ）。

その頃は他県でもやくざ同士の抗争が頻繁な頃であった。特に筑豊は暴れ者の多いことで知られていた。

主人は一見真面目そうにも見える。だから私の両親も、これなら娘をやってもいいと思ったのではないか？

主人も自分をあまり嫌わない私の父に、なにか珍しいもの（軍鶏とか猪の肉など）が手に入ると福岡まで持って行った。それを見た、ふだんそういうものをあまり料理したことない母は戸惑って「料理しやすいように切ってきて！」と言った。

言い遅れたが、私と一緒になった当時、主人は主人の両親の期待通り、背広姿でできる仕事、金融業の看板を一応掲げていた。主人の両親は息子には過酷な重労働ではなく、綺麗な仕事をさせたかったのだろう。でも、設備などを考えるとかなり資金がいる。そこで金融業が得策だと思ったらしい。設備投資はさほどかからず、まず机と電話があればいい。その頃の債務者は律儀で月九分の利息でもきちんと支払い、今のような過払金請求など、ほとんどなかった。主人以外はほとんどの人が成功していた。月九分の利息だと一年間で一〇割八分となり、元金より多い利息を払うこととなる。

しかし主人は金融業の看板を掲げたものの、お金は貸すだけで集金には行かず、取り巻きたちと、オートレースに行ったり、競艇に行ったりしていた。

私が嫁いだときは、五十歳ぐらいの年配の女性の事務員さんがいた。ちゃんと、職業安定所（現在のハローワーク）で募集したと主人は言う。その事務員さんのご主人はどこかの役所に勤めていたらしい。

それで、集金は姑とその事務員さんがバスを乗り継いで行っていたらしい。その後、私が姑とその事務員さんを乗せて集金に行くようになった。顧客には生活保護を受けている人が多かった。毎月一日の生活保護費が支給される日は、役場の前で貸した人を待って貸金を回収する。その頃の生活保護は手渡しされていた。しかし生活保護を受ける人がお金を借りたらどうなるんだろう。それから一週間ほどして、その人たちはまた返した分をそのままうちに借りに来る。利息だけが増え続ける。今は法テラスという制度があり、市町村は生活保護者にも破産をさせるという。

ところがその事務員さんがうちの顧客の中のひとりのある大口の事業主（内装関係の仕事だった）に、自分の御主人からお金を出させうちに元金の百万を返済させた。

つまり、事務員さんは自分の御主人にその顧客の、うち（主人がしていた貸金業）の借り入れの元金百万を何らかの方法で作らせ、そのお金でその顧客にうちに元金百万円を返済させうちから縁を切らせる。

そして自分たち夫婦がその顧客の債権者となり、その元金百万の利息を自分たち夫婦で貰おうと考えたみたいだ。役所の給料は安いと聞く。確かに月九万の利息は副業としてはかなりの高収入だ、と考えたのだろうか。事務員さん夫婦はその顧客に利息を月九万より下げてやるからとか言って、借り換えを勧めたのだろうと思われた。

姑はそれをわからず、その顧客が自分でお金を作ってきたと思い「よくなってよかったね」と、返済に来たその事業主に「これからも、頑張りいよ」と言った。事務員さんはご主人と二人で、百万の元金に対し毎月九万の利息の収入をその顧客より得ていた。結局、その後その顧客は会社をつぶしたらしい。事務員さん夫婦は利息をしばらくもらっていたので、元金だけは回収したと思うが、世の中自分の思い通りにはいかない。その顧客がつぶれたとき、その債権者のなかに、うちの事務員さん夫婦が加わっていたのを主人はどこかで聞いたみたいだ。うちは逆に被害がなかった。そこで私は他人の裏の顔を知る。事務員さんは上品な顔をして、またそのご主人はある役所の課長であったらしい。きっと退職金でも前借りさせたのだろう。やくざよりたちが悪いと思った。事務員さん夫婦はきっとお金がいるときだったんだろうと思うが、やり方が汚い。これを川田会長流でいうと、「人の茶碗を叩き落とす!!」というらしい。事務員さんは辞めていった。私が嫁いで一年目ぐらいの出来事である。

それも、すべて主人の不徳の至りだ。でも主人は反省しない。主人はやはり競艇、オートレースはやめられない。しかし、主人は水曜日だけは家にいた（その当時水曜日は水の日といい競艇は休み、オートレースは土曜日、日曜日、月曜日のみだった）。のちに私にばれるが謝るどころか悪びれもせず、堂々と取り巻きたちと酒を飲みつつ次回のレースの予想をする。ばれない前は、疲労しきった顔をして五時ぐらいに家に帰ってきて取り巻きたちも一緒にご飯を食べ、またみんなでいなくなる（ツケのきく一杯飲み屋にでも行くのだろう)。また朝家を出たきり食事を外で済ませ、夜飲んで帰ってくるときもある。こういうときはレースで儲けたとき、ご飯を食べに帰ってくるときは負けたときと、だんだんわかってきた。「よほど、集金がきついのか?」と一時は思っていた。でも、回収したお金は見たことがない。

私もその頃は若くもあり、見た目でしか人を判断できず、あまり他人を疑わなく鈍感であった。なぜ、ばれたかというと、結婚して一年も経たないある日の早朝、まだ長女がお腹にいた頃である、二人の刑事がやってきた。

二、三日前に公営ギャンブルの飯塚オートレース場で八百長があったと観客が騒ぎ出し、暴動が起こったらしい。そのとき主人は観客席から金網をよじ登って走路内に入ろうとしたところ、それを阻止しようとしたガードマンを金網の上から蹴ったという。それが逮捕の理由らしい。

姑はそれを黙って聞いていた。大事な息子なので、「何かの間違いでしょう? うちの子に限って!」と刑事に言うかと思っていたが、無言だった。うちの息子ならやりかねない――そう思ったのだろう。

罪名罰条、威力業務妨害。一〇日間拘留――。私はそのとき、留置場、拘置所、刑務所の違いを知る。すべて牢屋と思っていた。

そのとき、私の実家の父はあきれた様子もなく、拘置所に面会に来た。そして、「男はそれぐらいあっていい」と言った。

大正十三年生まれの真面目一本で生きてきた父は、意外にも、男は少し悪い方がいい、という考えを持っていたのだ。

その後実家の父は、主人の一番下の姉の娘の結婚式に招待を受けた披露宴会場で、やはり招待を受けて訪れていた川田会長から挨拶を受けたそうだ。

「お父さん、福岡から来られたのですか。大変やったですね。茂雄夫婦には、いろいろお世話になっています」と、会長が握手を求めたので握手をしたそうだ。

実家の父は「茂雄の義親だから、あの会長が挨拶をしてくれたんだね」と、なぜか喜んでいた。その横で、実家の母が苦笑する。その頃の川田会長は、福岡でも名前は知られていたらしい。


そんなふうに月日が過ぎていくなか、筑豊の象徴であった炭鉱は、昭和五十四年にはすべて閉山を迎えた。その頃には、私たち夫婦は娘を二人授かっていたが、主人の暮らしぶりはまったく変わらず、相変わらずの、ばくちと酒と喧嘩三昧の毎日であった。でも、私や娘二人は、主人の姉の配慮で何不自由なく生活はできていた。

姑も娘二人をとても可愛がってくれた。でも私は、「いつまでも、これでいいのだろうか?」と思っていた。

でも、どうすることもできない。主人にばくちをやめさせる手立てはない。また別れるのも、リスクが大きすぎる。その頃の私は、毎日不安と共に生活をしていたような気がする。

そんなあるとき、主人が、会長と通っていたばくち場での出来事を話してくれたことがあった。

ばくち場にいた主人のところに、どこからか若い衆がやってきて「社長(ここでは誰でも社長様だ)これ打たんですか? 眠気がなくなりますよ?」と注射器を出したそうだ。

それが何かとは口にはしないが、きっと覚醒剤だろうと思った主人は、「せっかくやけど俺、寝たいとき寝るけん、気にせんで」と断ったと言った。

主人は覚醒剤に染まってどうしようもない男たちを、いやというほど見てきたという。自分の意志ではなく、薬の力で奇怪な行動をする。勢いもよくなる。

「悪いことでも自分の意志でするならいい、俺みたいに酒飲んだ方がいいよ」と、酒と覚醒剤は相性が悪いそうだ。それに手を伸ばさなかった主人は誉めてやろう。

そして主人は、のちにこうも言った。

「俺、会長が好きだけど、会長のために命も張り切らん。指も痛いけん詰めきらん、俺、すぐ傷が膿むんよ。義理と人情は好きやけど、棺桶まで仁義はかつぎきらん。とてもそんなふうに生っきらん。俺、肝細いもん」と。

それも誉めてやろう。どうせなら私のために命を懸けてもらいたい。

川田の姉さんがたまに私に問う。「よしちゃん、茂雄のどこがいいと？　どの男でも十のうちいくつかはいいとこがあるけど、茂雄は何もないやろう？　声は大きいし、すぐかっとなるし」

そう言いながら、川田の姉さんも、なぜ会長が主人を可愛がるのかはわからないという。

（私は「あの二点」とは姉さんには言えない）

それから四年後の昭和五十八年。主人と一緒になって、ちょうど十年目。大きな転換期が訪れる。

主人が急に、建設業を興そうと言い出したのだ。まわりからは、「できるわけがない」と笑われた。

会長も「おいおい、茂雄、簡単じゃないぞ。今、みんながつぶれようとぞ、深みにはまる前にやめておけ」と反対する。

上の姉は「なんで今さら土方をすると！　何もするな！　せんがいい、お前の家族は食わしてやる！」と猛反対する。

「きれいな仕事をさせたかったから親も苦労したのに！」と姉は叫ぶ。

その頃の土方は、炭鉱で働くぐらいの3K（KITSUI《きつい》、KITANAI《きたない》、KI《き》KEN《けん》）で過酷な労働とみなされていた。でも、その頃は高度な技術を要する職種とは私も知らなかった。

しかし、主人の意志は固く、宣言通りに建設業の会社を興すことになった。株式会社にして、なぜか私が代表取締役社長となり、主人が専務となった。猛反対していた姉も最後はあきらめた。

私は職種が何であろうと、汚かろうと、きつかろうと「仕事をする」という主人に精一杯協力しようと思った。また主人の取り巻きたちも、最初は勢いよく「やりましょう!!」と応援したが……？

5．菜々姉さんとの出会い

主人には姉が三人いた。その姉たちの上に兄がいたらしいが、昭和十八年、海軍に志願し、その年に南方で戦死したと姑から聞いた。

その兄がいたらきっと良かっただろうと、姑も主人の姉たちも言う。

明治、大正、昭和初期生まれの人々は、子供や家族のためにならどんな苦労にも耐え抜く辛抱強さがあったと聞く。

兄が戦死した翌年に生まれた主人は、姑や姉たちからとても大事にされていた。だから主人が遊びまわっていることも、最初はみんなで私に隠していた。見合いの日に一番上の姉は、「弟は仕事は水曜日が休みです」ときっぱり答えた。

その分、私が不自由ではない生活ができたらいいだろうと、一番上の姉は住んでいる福岡市から、私たちの様子を見にたびたび訪れていた。

でも、その姉は、私にはとても厳しかった。主人の洗濯物のたたみ方まで指導した。下着と靴下以外はアイロンをかけるようにも言われた。それを嫌がるか指導と受け止めるかは、言われた本人次第。何もわからない私は、一応素直に従った。でも、いい嫁になろうとすると、とても疲れる。

しかも、主人は新妻の私といるよりも、川田会長といるのが好きであった。それでも、たまには私を会長のところへ連れていく。きっと水曜日だっただろう。たぶん見合いの日も水曜日だっただろう。

川田の姉さんは、その私を可愛がり、よく食事も作ってくれた。私も家で姑といるよりほっとする。川田の姉さんはかっこよく、背も高く、言葉も歯切れがいい女性であった。

高校時代は体操の選手をしていたらしい。でも、家が貧しく、大学に行くのを断念して、母親と飯塚で小料理屋をしているときに、会長の目に留まったと聞く。会長と知り合った当時は十九歳、私と知り合ったときの川田の姉さんは三十五、六歳ぐらい、一番きれいなときだった。

川田の姉さんは、会長と一緒になり、任侠道の世界を知ったらしい。

川田の姉さんは、その当時、十人ぐらいいた若い衆の食事の世話もしていた。しかし、任侠道一色の会長の陰で苦労したみたいだ。家計を助けるために、若い衆の奥様と何人かでスナックや金融業もしていたらしい。

川田の姉さんは着物姿もひときわ目立った。

私に着物をくれると言ったことがあったが、「私は着物を着たことがないので宝の持ち腐れになるのでいりません」と断った。今はもらっておけばよかったと思う私であったが、そのときは欲がなかった。

「じゃあ、これをもらって」と、一回しか着たことがないというお気に入りのワンピースを私にくれた。でも、やっぱり私には似合わない。

主人が会長の部屋で何事か話（任侠道の話？）をしているときに、私は川田の姉さんと台所にいる。

川田の姉さんの炊事を手伝いながら主人を待つ。そして、川田の姉さんが作ってくれたラーメンやうどんを一緒に食べる。

川田の姉さんはたまには会長の愚痴を言う。

「よしちゃん（私の名前は良子で、この名前がどんくさくて嫌いだった。なにが良い子だ、良い子は疲れる。ちなみに主人は吉田茂雄。主人と一緒になって吉田良子となり、なおダサい）、うちの人（会長）の浮気相手知っている？」

なんとなんと、川田の姉さんがいながら会長、なんてこった。突然のことでびっくりした。

「いいえ」私は本当に知らなかったので、そう答えた。が、あとで主人に聞くと会長の行きつけのクラブのチイママであるという。飯塚の繁華街で超一流のクラブである。クラブとかスナックとか行った経験のない私にはまるで映画の世界だ。

「第一、浮気相手というのは自分の女房より若くて美人なのに、どう見ても私のほうが勝ってる」と、川田の姉さんは言う。

——御意。

川田の姉さんに答えようのない私であった。

でも、遊びなれた男はこう言う。

——美人は三日で飽きる。

——ブスは三日でなれる。と。

でも私も会長の浮気相手を見てみたい。川田の姉さんよりいい女が果たしているのかどうか？

　のちに主人に連れて行ってもらったクラブに、その会長の浮気相手がいた。私たち二人が行くと、きれいに着飾った二十人ほどのホステスさんがいて、テーブルが十五個ほどで、ステージもあった。その頃、カラオケはさほど普及しておらず、流しのギター弾きが店々を回る。

　その中に、六十歳くらいの和服の女性がいた。きっと、その女性がママであろう。主人と私は案内されたボックス席に座る。するとそこに、キリッとした四十歳ぐらいの小柄な女性がすぐにやってきて、主人と私の席に何も言わずに座った。もう一人、感情のない能面みたいな若い子が、その女性の指示に従い、飲み物を持ってくる。昭和のその頃でも、ビール一本で二千円はくだらないだろうと思われた。そのリーダー格の女性がチイママで、まさしく会長の愛人であった。私みたいなダサい主婦と違い、玄人の魅力があった。私はその場にいるのがちょっと恥ずかしい。

　またここでも主人はそのチイママを〝姉さん〟と呼んだ。

　いったいこの〝姉さん〟という呼び名は何だろう。

一説では中国四千年の歴史のなかで、ある王の側室姉姫、姉御？（字はどう書くのかよくわからないが〝デッキ〟と呼ぶらしい）は自分より王に寵愛を受けるほかの側室に嫉妬して、ひと思いに殺さず手足を切り落とし、殺すことなく穴倉に閉じ込め、一生その穴倉から出さなかったという説があるらしい。その側室は、その穴倉を這いずり回り、しばらくは生きていたという。姉姫は美人でとっても怖いということから、やくざの親分の奥様を、手下どもは「姉さん」という説も生まれたというが、定かではない。でも、江戸時代、日本でも、ちょっと悪そうな美人を姉御《あねご》と呼んでいたのもうなずける。

主人は、その会長の愛人を「菜々姉さん」というので、私もそういうようになった。菜々姉さんは愛人であるということを常に頭に置き、言葉も少なく、何事も控えめであった。でも、一度、主人が取り巻きたちと一緒に行ったとき、菜々姉さんは「ここは焼酎一杯でも高いから考えて飲みなさい！　自分のお金で飲むなら別だけど」と、ビシッと取り巻きに言ったそうだ。そのとき、主人は、それなりの会長の愛人であるというプライドが感じられたという。怖い、やはり姉御だ。そして主人は私に、菜々姉さんの前でこうも言う。

「俺、若い娘を横に置きたいけど、菜々姉さんが『あんたは私でいい』と言って、若い娘を寄せつけんちゃんね」と。あんた！　いったい誰にそれを言ってるの!!

そして、菜々姉さんも私を可愛がってくれた。菜々姉さんは口には出さないが「安心おし、若いホステスなど絶対近づけないよ」と私に目でそう言っているようだった。でも、私は今でも思う。川筋気質（口が荒く、気も荒い、おまけに喧嘩っ早い、でも、人情にはもろい）を地でいく主人には、若いホステスの方が近づきたくないだろうと。


菜々姉さんの店は飯塚で超一流なので、しょっちゅう行けるところではない。

一度会長が私と主人を連れて行ったことがある。水曜日だっただろうか？　例のごとく、菜々姉さんが、すぐ会長の横に座る。会長は財布ごと、菜々姉さんに渡す。財布ごと渡されるのは、ホステスにとっては名誉であるらしい。会長は白いスーツで、もう一人若い衆を連れていた。私は場違いで恥ずかしい。

この夜の社交場では、単純な日常的な会話でも別の世界の出来事を話しているように聞こえる。とても不思議だ。

ときどき任侠道の話が出る。どこそこの誰かが今度勤めを終えて帰ってくる、出所時は何十人で迎えに出向く、などなど。主人はその話を嬉しそうに聞く。

6. 川田の姉さんと菜々姉さん

ところが、平成九年、会長は病気で亡くなった。享年七十歳。すると菜々姉さんは、このクラブのオーナーから、突然、辞めてくれと言われる。会長がいるときは、かなり儲けさせてもらったけれど、会長の愛人だというだけで、特に他のいい客も持っていない。さらに他のホステスよりもかなり給料が高い。ならばもっと若い子を二人雇った方が効率がいい。

そのとき菜々姉さんは六十歳を超えていたと思う。

川田の姉さんは五十四歳ぐらいであった。動物に例えるなら、川田の姉さんは豹、菜々姉さんはアメリカンショートヘア、ちなみに私は狸か？　あとで出てくる一流クラブのママだった蓮子は、まさしく狐か？（菜々姉さんの勤めていたクラブと、蓮子の店は、飯塚で一、二を争っていた）

ところが、リストラされた菜々姉さんのことを知った本妻の川田の姉さんは、激怒して、そこのオーナーに「川田が死んだとたん、菜々をくびにするなんて、なんていうことなの！　川田がいたときかなり儲けたろうも。棚山さんに聞いても義理に反するよ!!」と、激しくそのオーナーに抗議をしたらしい。

棚山さんというのは田川の侠客で会長とは兄弟分、でも、彼は商売のほうにも長けていて、飯塚で愛人を女将として超一流の料亭を構えていた。そして、その愛人との間にできた息子には建設業を興させ、飯塚の指名業者にしていた。菜々姉さんの店のオーナーは素人であったが、棚山さんから睨まれると、やはり怖い。

ということで、そこのオーナーから川田の姉さんは菜々姉さんに退職金を出させた。たぶん百万ぐらいではないか。

しかし、世間一般の奥様であれば、旦那の死後、愛人がどうなろうと知ったことじゃない。逆に、不幸になれば嬉しいはずだ。その愛人に、旦那がお金でも残していたらもっと悔しい。

それまで、二人の姉さんが、どのような接し方をしていたかは知らないが、会長の闘病時代は二人で交代しながら看病したと聞く。

川田の姉さんは、自分が持っていたいくらかのお金と、菜々姉さんの退職金を合わせて、そのクラブから反対側の通りにある「松竹通り」に、菜々姉さんの店をオープンさせた。前のクラブは「昭和通り」にあり、県道瀬戸飯塚線を挟んだ「昭和通り」と「松竹通り」に飲み屋街が充満していた。飯塚は、炭鉱景気の全盛期には、飲み屋密度は日本一だとも言われていた。人口密度ではなく、人口に対する飲み屋の数のこらしい。これは誰かが言ったことで、教科書には載ってない。

主人と私は、菜々姉さんの店の、開店祝いに招かれた。川田の姉さんからの招待である。

菜々姉さんの店はミニクラブで、前のクラブの五分の一ぐらいの大きさだった。カウンターがあり、テーブルが二つほどの小さな店だった。

本来なら会長が生前に出してやるのが本当だろうが、前の店の義理故か、会長の付き合いがそこに流れてくるのを躊躇したのか、川田の姉さんに遠慮したのか、今となってはわからない。

しかし川田の姉さんはあっぱれである。さすが任侠道で貫いた会長の奥さん。

私は川田の姉さんからこう聞いた。

「だって、よしちゃん。私は貧乏してもいいけど、菜々が路頭に迷うのは川田の恥。そして本妻の私の恥。それに川田を愛してくれた菜々は戦友みたいなもんよ」と。

私も今では、川田の姉さんの気持ちが少しは理解できる。会長をどれだけ愛していたかの証だろう。だから菜々にも優しくできる。菜々より私のほうが、愛が強い。そして私が紛れもなく本妻だと。


男なら社長に、女ならママに、花柳界で生きる者なら誰でも一度はそう思う。でも、経営はさほど上手くいかない。

菜々姉さんが店を開くには遅すぎた。バブルが過ぎ、平成不況が続く頃である。日本各地で大きなゴルフ場、証券会社、住宅メーカーなどが次々に倒産した頃である。まして飯塚は炭鉱がない。建設業も仕事がない。

ここ飯塚も、もちろん、不況のあおりを被っていた。昭和通り、松竹通りに生息していた古い店は、次々と閉店しだした。ママたちも高齢になり、飲み屋街も少しずつ変わっていった。

7. 菜々姉さんの店での思い出

菜々姉さんが店を始めて二年ぐらい経った頃である。ある日、菜々姉さんから私に電話が入った。

「よしちゃん、ちょっと店に来てくれる？　茂雄が若い人と揉めて、今、関係者が店に来てるんよ」

こういう電話はしょっちゅうで、私は「またか」と思い、タクシーですぐに迎えに行った。

主人は喧嘩っ早く、相手が誰だろうと止まらない。やくざ風の相手が多かったのに、よく殺されずにいたなと、今でも感心する。

あとで蓮子から聞いたが、夜の細い路地を寒そうに主人を迎えに歩く私の姿は、客待ちのホステス仲間のあいだでも「また、吉田さんの奥さんが旦那を迎えに行っている。今日はどの店で揉めているのかしら？」と知られていて、私を見ると「おはようございます」と、挨拶をするホステスもいた。なかには「相手は○○ですよ」と言ってくれるホステスもいた。そしてその道の女性から見ると、その私の姿はとても可哀そうに見えたという。

「でも、迎えに来てもらわんと、店が困るもんね。奥さんを店に呼びたくないけど止まらんけんね」と、蓮子は困ったように笑う。

主人は挙げた拳を下ろしたくても、誰かが止めないと下ろせない。

「今度はどこの組の人だろう」と思いつつ、菜々姉さんの店に着いた。

店には主人が揉めたらしいやくざ風の男の人と、菜々姉さんの店に着いた。

揉めた原因はその寿司屋で、男の人が主人に「吉田さん、また酔ってるね」と言ったら主人がいきなり「なんか！」と、怒っての男の人につかみかかり、彼の眼鏡を叩き割ったらしい。相変わらずの沸点の低さ。主人はもう死んだほうがいい。その眼鏡は三十万円もするもので、その寿司屋のママを、主人が眼鏡を割ったという証人として連れてきたという。菜々姉さんの店に来る前、ふたりは寿司屋の外でつかみ合いの喧嘩をしたみたいだったが、警察が来る前に菜々姉さんの店に来たらしい。

私が店に着くと、菜々姉さんが〝これこれこういう理由〟と私に話したあと、寿司屋のママに、「事実なの？」と聞いた。するとその寿司屋のママは「見ていません、店が忙しかったので」と、きっぱりと答えた。

しかし私は内心、その男の人が言うことが正しいのだろうと思っていた。

「見てないなら、しょうがないね、大ちゃん（その男の人のことらしい。この人も川田会長の付き合いで、菜々姉さんの店にはよく来ていたみたいだ。きっと、菜々姉さんに話をつけてもらおうと思って来たのだろう）。奥さんも心配して来てるし、会長がいたら『大の男がこれぐらいで（これぐらいではない、三十万の眼鏡だ）ぐずぐず言うな』と言うよ。はい、喧嘩両成敗」

菜々姉さんが大ちゃんに優しく言う。主人には、「茂雄、あんたもどうすると？よしちゃんも心配して来てるので、ここで終わらせたら？」と。

すると主人はすぐさま、「姉さん、飲みましょう。ビール出して」と答える。菜々姉さんも嬉しそうに「大ちゃんも座って」という。その男の人も素直に座ってくれて、そこの飲み代は主人が払うことになり、めでたく一件落着となった。

菜々姉さんは、二人の男が、自分に話を任せてくれたことがうれしかったみたいだった。

菜々姉さんは「きっと、茂雄が悪いよ。でも、寿司屋のママが、茂雄が眼鏡を割ったというと、あとがいろいろ面倒になる。店の者は、店であったことは絶対よそに言わないのが鉄則よ」と、クスッと笑った。

以前会長がこう言ったことがある。

「他人の話は難しい。自分が身銭を切る覚悟がないと容易に入れない。良くて当たり前だから」と。

でも、誰よりも、あとに残したくなかったのは主人だったと思う。

菜々姉さんは、女を交えると、話が柔らかくなると思って、私を呼んだみたいだ。

さあ、本妻の川田の姉さんなら、どういう話のつけ方をしたかな?

その後、蓮子から、大ちゃんが大きな廃棄物処理場のオーナーだと聞く。ブランドの財布にはいつも、百万円入っていたらしい。眼鏡が三十万というのも本当だろうと彼女は言う。彼も豪快な人で、飯塚の夜の帝王とも呼ばれ、お金に糸目はつけない。三十万の眼鏡がもったいないのではなく、主人との初めての喧嘩をどう処理すればいいかと思案したのだろう。さもなければ即警察に行ったはずだ。

そして、その大ちゃんには妹さんがいて、飯塚で建設業を営んでいると知る。その妹さんは兄ちゃん思いの可愛い女性で、私の会社はその妹さんから何度か下請けの仕事をいただいた。その妹さんの事務所に仕事で行って、妹さんが淹れてくれたコーヒーを飲みながら、二人で大ちゃんと主人のどちらが飲んだときに癖が悪いかと話したこともある。二人の答えは「甲乙つけがたし」。

主人にはいつも、こんなことぐらいでなぜ喧嘩をしたのかと思わされることが多かったが、喧嘩の相手にも主人を怒らせる何かが一〇％ぐらいあったのだと思う。

8．蓮子

平成二十一年、菜々姉さんは病気で亡くなった。

川田の姉さんから菜々姉さんが亡くなったと聞き、主人とふたりで通夜に行った。事前に川田の姉さんから「茂雄、お金じゃなくて、花輪を出して。菜々は花が好きだったから」と言われていたので、その通りにした。

葬儀場には、川田会長の昔の知り合いから、かなりの花輪が出ていた。もちろん廃棄物処理場の大ちゃんからも立派な花輪がでていた。きっと川田の姉さんが頼んだのだろう。もうその頃には筑豊協友連合会が存在していたことさえ知らない人が多かった。また、炭鉱があったという記憶すら薄れていった頃であった。

ここでも、川田の姉さんは、旦那亡きあと、その愛人の葬儀を立派に執り行った。

そしてまた一人、飯塚の昭和のママが消えていった。

菜々姉さんには息子が一人いたので、息子の嫁が菜々姉さんの店を続けていくことになったみたいだ。

その頃は主人も安い一杯飲み屋に行くようになっていて、私もときどき、一緒に行った。

（その頃は娘二人も育ち嫁ぎ、姑も一番上の姉も亡くなっていた。また取り巻きも、とても土方なんかできないと、ひとりひとりいなくなっていた）

その飲み屋のなかには、その当時、八十七歳の高齢のママもいた。時代が進んでいくなか、そこのママたちも順々に店をやめていったが、何人かのママたちとは店をやめたあとも交流が続いている。

昭和のママたちがいなくなるなか、ただひとり、令和まで生き残り店を続けているママがいる。

それが蓮子だ。

いつか蓮子と、菜々姉さんのことを話したことがある。

果たして菜々姉さんは川田の姉さんから店を出してもらってよかったのだろうか？平成不況が続いた頃である。会長の知り合いも一時は来るが、だんだん足が遠のいていったらしい。

家賃は十二万だったと聞く。飯塚では高いほうだ。

川田の姉さんと何度か行ったとき、菜々姉さんはいつも、川田の姉さんに気を遣い敬語で話す。見ている私は思う。「ああ、きっと、お姑さんみたいなんだな」と。

お姑さんを持ったことのない人はわからないだろうが、お姑さんが好きか嫌いかは抜きに、自分に優しいか厳しいかは抜きに、そばに居られるだけで存在が重たい、肩が張る、身構える――解決できない女の永遠のテーマである。

蓮子がこう言う。

「菜々姉さんは店が始まる前にいつも私の店に来て、何も言わず、フーッとため息をついてまた自分のお店に行きよったよ」

蓮子は黙って熱いお茶を出したそうだ。菜々姉さんはそれを飲んで、「じゃあね、ありがとう」と蓮子に言って自分の店に帰っていったという。

店のママたちはライバルであり、また仲間である。

蓮子はある仲間のママが、男から裏切られ店も何もかも失ったときに、自分の着物を貸してやり自分の店で働かせて、しばらく面倒を見たそうだ。だが、そのママは、しばらくは蓮子の店にいたが辞めていったという。転々と職を変え、四十九歳で亡くなったそうだ。松竹通りの美人ママとして数々の浮名を流したそのママは、自分のプライドとして蓮子から雇われるのが、いやだったのだろうか。最後は回転寿司の賄いをしていたと聞く。男から借金の保証人にされていたらしい。私が知ったママのなかでは、一番きれいだったと思う。美人薄命……美人であるゆえ自信があり、男が自分をだますとは、ゆめゆめ思わなかったのだろうか。一度蓮子の店で会ったが、昔の面影はまったくなく、何もやる気がないという顔だった。男もだましたつもりはないのだろうが、いきさつはどうであれ、結果しか残らない。

そういうふうにママたちは、仲間のママにお客を紹介しあい自分もお客と一緒に、「もう一軒行きましょうと、」と、仲間のママの店に誘う。それも、景気のいいときにしかできないことだった。「もう一軒いく？　じゃあ、そこはママが払う？」と、今はそういうお客もあるという。

はたして菜々姉さんは、川田の姉さんに感謝していたのか？　店を持たないで、昼間の仕事をして、普通の洋服で過ごした方がお金はかからない。

「ホステスは衣装と髪結いでお金が吹っ飛ぶ。パトロンでも持てば別だけど。でも男は、ホステスを自分のものにすると今度は店に来なくなる。アパートでも借りてやってそこで会う。不景気でお客も昔みたいに使わないし、経営者は家賃でも苦労する」

蓮子はそう、しみじみ言う。

先にも言ったが蓮子は、菜々姉さんが最初に勤めていたクラブとは県道を挟み、飯塚では一、二を争う老舗クラブのママの妹であった。十七歳のときから花柳界に飛びこみ、昭和から生き残ったママとしてはまだ若い。

姉がクラブをやめたあと、そのビルの一角でスナックを開いた。

蓮子はきっぱり和服をやめて、今は地味な洋服で、髪を一つに束ね、薄化粧で店に出ている。

時代は変わっていく。

今は居ないので聞くこともできないが、菜々姉さんは、川田の姉さんに感謝していたと私は思いたい。

でないと、川田の姉さんがあまりにも、可哀そう。

あれだけ頑張って、女だてらに菜々姉さんの店のオーナーに掛け合い、憎まれながら、店の資金を調達したのだから……。

9．飯塚の昭和が消える

平成十五年七月十五日（飯塚では七・一五という）、筑豊一帯に三時間降り続けたゲリラ豪雨は、遠賀川に大氾濫を起こさせた。その豪雨は、大きな料理店の生け簀に入っていた魚が、遠賀川を泳いで下り、また海に戻ったという伝説を生んだほどだった。

遠賀川近くの、すべての店が水没した。蓮子の姉の店も水没した。床のじゅうたんが、天井まで舞い上がったと聞く。

蓮子の姉の店は、親が残した自社ビルにあった。それ故、修理するにはお金がかかりすぎるので、あえなく店を閉じたのだそうだ。

蓮子の姉は「やり直すには年を取り過ぎているのよ」と、寂しく笑っていたという。

幸い水没を免れたそのビルの二階で、蓮子は一人でスナックを開いた。そして今も続けている。

この豪雨により、多くの商店や飲食店がやめていくこととなった。かつて、炭鉱全盛期の頃は、師走に、「永唱会」という大売り出しの催しが行われ、多くの買い物客が他県からも訪れていた。こののち県道の両横のその商店街は、シャッター通りといわれるようになった。

また、七・一五で、かの有名な嘉穂劇場も水没したが、多くの著名人の協力や寄付のお陰で、無事再興できたことは、歴史に残るだろう。

遠賀川はその後、地元出身の、日本で一、二の大物代議士を中心に、地元の県議会議員らの尽力により大きく修復され、そののち氾濫は起こったことはない。


また、菜々姉さんが最初に勤めていたクラブは、奇しくも菜々姉さんが亡くなった同じ年の平成二十一年に大火事が起こり、その付近の多くの店が炎上して焼け落ちた。密集している飲み屋街で、消火活動が思うように進まなかったのも大火事になる原因だったという。火災の原因は、古い建物の漏電であったと聞く。幸い、昼間の火事で、ケガ人はいなかった。

その大火事とともに、蓮子の姉の店と県道を挟み、華麗なる戦いを続けていた昭和通りの店がなくなり、昭和のママたちも飯塚から消えていった。

その後、飯塚の繁華街は新しい建物が増えていき、孫たちの時代へと変わっていく。

第二章　筑豊の暴力団と建設業界

1. 筑豊協友連合会

亡くなった川田会長が、晩年過ごした新しい家に引っ越したのは、昭和の終わり頃であった。

現在の嘉麻市、一軒家で新築の家だった。

しかし、昭和五十五年、会長はばくちで大きな穴をあけ、その家を債権者に差し押さえられたと聞く。通常の債権者だったら、そのとき現役の川田会長の家など、怖くて差し押さえなどできない。しかし、その債権者も、大分で、名の通った俠客で、極道のけじめとして家を差し押さえたらしい。筑豊の極道に恐れをなして、取り立てをしなかったとなると、その道に恥じる。そんな思いだったのであろう。

でも結局、その家は、何度か競売にかかったが、落札者は現れなかった。

「盆屋《ぼんや》の借金は盆屋」というように、ばくちで作った借金は、一攫千金を狙ったばくちでしか払えない。だがもちろん、そうそう上手くいくわけがない。真面目に利息をつけて払うなど、一生終わらない。相手を殺すか、自分が死ぬか。はたまた法的手段、破産という手である（盆屋とは、ばくちの場を貸して寺銭をとる家。ばくち宿）。

主人の取り巻きの一人がこう言う。

「たった二十万だった借金がドンドン膨らみ、気がつくと五百万になっていました。期日に二十万支払うために次の借金をする。三十万借りないと、利息も併せて払えない。もともとお金がないから借りるので、どこに利息を付けて払えるお金があるんですか。そして少し手元にも小遣銭を残したい。じゃあ、次は五十万借りようかと。借りるところがなくなり、だんだん利息が高くなり、十日一割（通称十一）まで手を伸ばし、とうとう返せない金額になり、破産する金もなく、しばらく逃げました」と。

私はなぜかそれ以上聞くのが怖くなった。筑豊弁ではなかったので、多分彼は上方から流れてきたのだろう。

そして五年間逃げると、借金は時効になると私は彼から教わる。

「でも、暴力団から借りると、そんなことは通用しません。どこまでも追い込みがかかります。殺されたくなかったら、その暴力団より、もっと格が上の親分のところへ逃げ込むしかないですよ。でももっと悲惨ですよ、肩身が狭くって」と彼は言う。

「義理ゆえに、行きたくない懲役も行かなければいけない」と。

任侠道で貫いた会長は、とても破産などできない。お金のためか、会長はその年、筑豊協友連合会のナンバー2であった岡本組の組長に会長の座を譲る。岡本組からいくらかのお金がでたのだろうか？　一時しのぎをしたらしい。そして、筑豊協友連合会のなかの一つの組となる。

二代目の会長は、もともと財があり、任侠道よりも商売の方にたけていた。そのうち建設業に目をつけ、特殊な土木分野を始めた。

建設業は土木と建築に大きく許可が分かれていた。さらに細かく業種が分かれる。その頃の建設業、特に土木は高度な技術を要するようになっていた。昔の土方ではない。

土木は掘って、造って、埋める。その過程で、地盤改良、トンネル工事、型枠、鉄筋加工などが加わる。岡本会長は、昭和の終わりの頃から、そういう部門の総取締、問屋商売を始めた。あらゆる土木分野の下請けを使い、筑豊の土木界にも進出してきた。実弟二人をその商売に当てさせた。

そのうえ岡本会長は、覚醒剤の売買にまで手を伸ばし、一時はかなり荒稼ぎをしたらしい（自宅の広い庭に覚醒剤の花を栽培していたという）。しかし、お金はあっても国家権力にはかなわず、警察の手入れを受ける前に逃亡したそうだ。時効ぎりぎりまで姿を隠したが、結局、関西方面で捕まり、拘置所でその一生を終えたと聞く。それが昭和の終わり頃である。しかし、堅気の弟たちは、その後も根強く筑豊で建設業を続けた。

また、川田会長の一人息子は組を継がず、鉄筋工の仕事をしていたと聞く。川田会長は会長の座を譲ったが、その任俠道の武勇伝の数々は、その後も語り継がれていた。

筑豊協友連合会が全盛の頃は、田川と飯塚では、頻繁にやくざ同士の抗争が繰り広げられており、岡本会長は、自宅にカメラを設置して田川の襲撃に備えていたという。一説には、壁に電気を流していたとも聞く。おお怖い。

岡本会長の亡くなったあとは、筑豊協友連合会は、田川の大きな組織に統合された。それを機会に解散する組もあった。

川田会長はひっそりと組を残していたが、かつていた若い衆も少しずつ減っていった。そして川田会長の死後、筑豊の暴力団は、ますます田川一色となる。

そしてそんななか、川田の姉さんは、組がなくなったあとも、懲役から戻ってきていない何人かの若い衆を、待ってやっていた。

そしてまた、堅気となり、型枠大工になったある元組員は、逆に川田の姉さんを案じ、川田の姉さんと一緒に、懲役から戻ってきていない若い衆を待っていた。

2. 飯塚の建設業界

暴力団は企業舎弟（堅気の建設業者、飲食店経営の関係者など）を持ち、いくらかの会費を取り、組織を作っていた。

平成に入り、田川系暴力団は、飯塚の建設業界の公共事業に企業舎弟を進出させてきた。一時は談合まで支配した。企業舎弟は、ついた親分の位の高い順に強い。また他の地域からも進出してきた。その頃飯塚は、石炭六法で、鉱害復旧工事などが多く施工されていた。

そして、飯塚の建設業界は、構えが大きく四つに分かれていた。大きい順に、一つ目は大物県議会議員を中心に仲良くしている飯塚では大手の老舗グループ。二つ目は暴力団ではないが、少し怖い社長が一人頑張っている中堅層の会社。そして三つ目は暴力団の企業舎弟風なグループがいくつか。最後、四つ目は誰にも頼らず、お父さん、お母さん、息子（娘もいた）の三人で頑張る超零細企業の会社。三ちゃん経営と呼ばれ、お父さんは現場に行き、お母さんは事務をして、息子が忙しいときにだけ、友達を連れてきて加勢する。もちろんそのときはお母さんも現場に出る。そういった経営を行っていた。

飯塚は、四つ目の会社が大半を占めていた。三ちゃん経営の社長は、背広なんか着ておれない。三ちゃん経営の社長は、しっかり働く。それゆえどんな不況でも生き残れる。そして、指名も受けず許可も持たずひとり親方と言われる人たちも多かった。彼らは特殊な機械を操縦し、あちらこちらの下請けをする。また、機械を操縦する仕事がないときは一作業員としてどこかの現場でスコップを持つ。

県議会議員のグループの老舗会社は、営業マンが必ずひとり、県議会議員の事務所に毎朝顔を出し、秘書とともに事務所の掃除を手伝ったり、その県議が作る畑の手伝いをしたりしていたらしい。その畑でできた野菜は、県議が自分の有権者に、「次の選挙は必ず清き一票を」と、さも自分が作ったように配る。そして有権者は、有難くそれをもらう。

その県議は公共事業に強く、そのグループの入札の順番さえも左右したと言われていた。「今度はあんた、次はあんた」と。県議のことを、県議の居住地の呼び名で呼んでいたと先輩業者は話す。業者は、正月には神社に詣でず、その県議詣でに来ていたものである。その県議が亡くなったあとは、倒産した会社や、それを機会に閉鎖した会社も数件あったと聞く。それが昭和の終わり頃から、平成十年頃までのことである。

仕事もかなりある頃だった。

3. 悲しき経営者

そしていつも、汚職の槍玉に挙げられ忌み嫌われる建設業者、でも仕事が取れないととても辛く、悲しい。

四月は春、希望の春、でも建設業者の春は暗い。今年度、どれだけの仕事が受注できるのか？　来年まで会社が持ち続けられるのか？　夏枯れはないだろうか。とにかく心配は尽きない。心配は吐き気も伴う。

飯塚で、ある建設業者が、負債総額十億円で倒産した。そのうち二億円を社長夫人が使ったらしい。

その頃、福岡で、建設業経理事務の講習会があり、その会場で、私は三ちゃん経営の奥様と親しくなった。飯塚から来たというのでつい話が弾む。飯塚で二億使ったという奥様の話になる。「どうして、女が二億も使えると？」と、私は彼女に言った。「何てことないよ。女が頭から足まできれいにすると、一日ですぐ十万よ。宝石を買えば、何十万？　一か月で三百万として、一年で三千六百万。五年で十分使えるよ」と彼女は言う。計算が速い。だって私たちは計算機を前に、少しでも会社の役に立とうと、経理事務の勉強に来ていたのだから。

そのとき私は、六十歳を目前に病気で亡くなった、主人の一番上の姉が、私に買ってくれた指輪のことを思い出した。その当時、会社の資金繰りに苦しかった私は、片っ端から質屋に品物を持っていき、わずかばかりの現金に換えていた。その指輪も、もちろん流した。流したあとに質屋の親父が「とってもいいものでしたよ」と言うのを聞き、なんて馬鹿なことをしたのだろうと、悔やみに悔やんだ。そして、姉に対して一時は、小姑として疎んだことを心から反省した。

その話をすると、一緒に勉強していたその奥様は、大きくため息をつきながら、「私は、指輪は質屋にもっていかないように、実家の母に預けているのよ」と、ポツンと言った。会社の資金繰りのため実家の父にかなり迷惑をかけていたという。しかし、その父の晩年を自分たち夫婦で看取ったという。

その奥様とはその後連絡を取り合い、自然に付き合うようになり、また彼女の紹介で、飯塚で建設業をしているある奥様と親しくなった。彼女のご主人は運送業が主で、奥様が建設業の方に携わっていた。三人で建設業の奥様の泣き笑いをよく話したものだった。その奥様はご主人が運送業で稼ぐので、お金の苦労はあまりないみたいだ。そして以前から私を知っているみたいだった。

「噂とちがいますね？　貴女、もっと怖い女かと思った。私は私の目で貴女を判断し、これからも付き合いたいと思います。みんなは貴女と付き合わんがいいよと言いますけどね」と。業界では、その二人より私のほうが先輩だった。

ここで男は勘違いする、男同士の絆は強いと。でも、男はどうしても女の考えに感化される。「あの男とは付き合わんがいいよ」と、奥様に言われるとそうかなと思う。私は今でも、この二人の奥様とは仲がいい。

まだ私たちが会社を興して間もない頃、倒産した会社の下請けをしていたという主人の取り巻きの一人から、こういう話を聞いたことがある。倒産したあとも、社長夫人が立派な指輪をしていたという。彼はお金が少しでも欲しくて、「その指輪売ってお金に換えて、いくらかくれませんか？」と頼んだそうだ。その社長夫人は、「これは私個人のものよ、なんばいいようとね、私は会社に関係ない、主人に言いなさい！」と言われたそうだ。しかしその主人がいつも玄関に出てこないから、嫌な顔をして対応する奥さんに言うしかないと。その指輪は俺たちの血と汗で買ったんじゃないか？　個人じゃ買えるかと、ぶん殴ってやりたかったが、それをすれば罪になると思って帰ってきたそうだ。

その後その倒産した会社は、名を変え、品を変え、また建設会社を興したそうだ。でもその後、誰かからブルドーザーを突っ込まれ家の一部を壊されたらしい。でも被害届は出さなかったという。


また、以前建築会社をしていた主人の友達がこう言う。その友達は会社をかなり大きくしていたみたいだ。

「大飯食らいは大糞たれ。お金が入れば、大きくお金が出ていく。大きなお金が一瞬でも入るので、全部自分（社長）のものと思いこみ、派手に使う。気がつくと、支払いがあるのをつい忘れている。自分の会社の貸借対照表を頭に常に刻み込んだ経理がいないと、あとは火の車。俺はたった七百万円の工面ができず、親から受け継いだ会社をつぶした」と言った。

こうも言う。「融資の段取りをしていた。ところが韓国に旅行に行って帰ってくると、銀行は貸さない方向に話が進み、融資を受けることができず不渡りを出した。七百万作ろうと思えばどうかして作れたが、お金の工面ばかりでもう疲れた。たとえ今回七百万作っても、あとはそれをどうして返す。仕事はあるのか、従業員の給料は今月どうして払うのか、税金はどうするか」と。そして、死も覚悟して不渡りを出したそうだ。でも死にきれず生き恥をさらしたとも言った。筑豊では負債総額がかなり大きく、地方紙に掲載されたほどだった。

そのとき私は、主人と結婚した当初、なぜか主人の机の中に、建設会社〇〇組の不渡り手形と称されたものがたくさんあり、これは何だと疑問に思ったことを思い出した。この紙切れがまさしく約束手形で、期日にお金になると知る。そして建設業に携わった今、これが会社の運命を左右する命より大事なものだと、身をもって知ることとなった。

また、主人の取り巻きのひとりが以前仕事をしていたとき、自分の手形を担保にある金融でお金を借りたらしい。手形決済の日に、払出銀行（約束手形に提示された銀行）にてお金が十五時まで間に合わず、取立銀行（約束手形を期日に現金化しようとして取り立てを行う銀行）まで手形を追っかけ、取立銀行でその手形を買い戻し、不渡りを免れたこともあったという。その頃は銀行も人情があった。手形期日の寿命は約二日間、取立銀行から払出銀行までの往復期間だ。でも、今は手形の期日の十五時に払出銀行でお金が間に合わないと不渡りである。十四時には払出銀行の担当から、「手形の決済金が不足です。残高不足です。不渡りになりますよ」と催促の電話がある。そこで一円でも足りないと、不渡りの付箋紙を張られた手形が取立銀行に返される。支店から本店経由するその間に、お金を作って取立銀行の支店もしくは本店でその不渡り手形と現金を交換する。まるで綱渡りだ。でも取立銀行も今はそれに応じない。もともと、約束手形（期日に支払いを約束したもの）は商品の支払いに振り出すものである。もらった人はそれを担保として銀行よりお金を借りることもできる。しかし、自分の手形を担保にお金を借りると最悪となる、銀行では資金繰りが悪い会社とみなされ絶対貸してもらえない。

それを行う金融業は高金利となる。まさにその通り、結局その後彼は会社をつぶしたそうだ。

また悲しき経営者として私が忘れられない事件があった。

平成十五年ぐらいの頃だったと思う。現在の九州道と福岡都市高速をつなぐ橋げたの工事が、粕屋郡で施工されていた。親受けは大手ゼネコン、下請けは福岡市の中規模会社。その中規模会社の下請け（ゼネコンからすると孫請けとなる）のある型枠会社の社長が、その年の年末、器物破損罪で逮捕された。自分が作った橋げたの型枠を壊そうとして逮捕されたらしい。彼はその中規模会社から下請けとして橋げたの型枠工事を請け負っていたところ、その中規模会社が倒産し、型枠工事の支払いをしてもらえなかった。ゼネコンは中規模会社に全額支払いを済ませ、その型枠会社に支払いの義務はないという。中規模会社は弁護士を立て、すでに破産手続きを申請していた。事務所には誰もいない。今後の話は弁護士がするという通達の張り紙がしてあった。ゼネコンからお金をもらう前から準備していたはずだ。

その型枠会社の社長は、その工事金を年末の資金として、支払いにばっちりあてこんでいたはずだ。

このままでは従業員に、賞与どころか給料も払えない。材料費も払えない。自分も正月がしたい。それができないなら、せめて自分が作ったものをたたき壊し、ゼネコンに引き渡さない。それが罪になるなら警察で正月を迎えてもよい。せめて従業員に対する詫びのためにとでも思ったのではないだろうか。

その後彼がどうなったかわからないが、きっと立ち直り、型枠工事を続けていってくれていたらいいな、と私は思う。中規模会社の社長は法律に守られ、どこかでのうのうと生きているはずだ。

お金をいくら払わなくても罪にはならない。でも、払わないからといって、相手を殴ったり物を壊したりすれば罪となる。場合によっては破産にも懲役刑を科すべきだと、そのとき私は思った。

4．筑豊の談合

平成十年頃には、田川系暴力団の企業舎弟の何社かが飯塚に建設会社の本店を構えていたが、だんだん仕事が少なくなってきた。その他には福岡が本拠地の三山会や、もともと飯塚が本拠地で熊本に拠を移した関東系の組などの企業舎弟の事務所もあった。でも、地場の筑豊には、それなりの仁義を通した。その幹部らとも主人は知りあいだった。どうして主人の周りは任侠道の人ばかりなのだろう。

そんな主人にも、中学校の同級生で、とってもまじめで優秀な友達が二人いた。昭和三十年代の中学生の男児は喧嘩っ早く、勉強も嫌いだ。親も今のように教育熱心でもなく、兄弟も多いし、一人の子供にかまっていられない。優秀な二人はおとなしくて頭がいいので、悪ガキのいじめの対象にされていた。ところがなぜか、勉強嫌いな主人とは馬が合い、仲が良かった。主人はこの二人を腕力で悪ガキから守り、勉強をさせた。自分は勉強しない。その二人は学校で、一、二を争う秀才となって卒業した。一人は地元でエリート官僚に、一人は九州で一番の大学を卒業し、東京の大手会社に就職して、管理職にまで上り詰めたという。ここに小さな俠客が誕生した。

主人は、この二人とは最後まで友達だった。地元で出世した友達は、たまに主人に会おうと家に来ても、「茂雄の家には、いつも男の人がいっぱいいて、酒ばっかり飲んでいるから、黙って帰るんばい」と笑っていた。

また、驚くことに、主人はなんと野球少年だったのだ。高校も野球の推薦で入ったらしい。私の実家の父は、「茂雄はあの時代（昭和三十年から四十年までは筑豊の子供たちも中学校卒業と同時に集団就職をしていた頃である）、筑豊で高校まで出ているなんて、親はよほど教育熱心だったんだね」と感心していた。

しかも、主人の後輩たちが二回連続甲子園に出場して、筑豊の貧しい子供たちのイメージを一変した。本当に明るい出来事であった。オートレース全盛の頃で、そのとき飯塚市から多額の寄付金が出たという。

主人の先輩や後輩にはプロに行った人もいた。ある野球部の後輩は「先輩たちからよく叩かれたけど、吉田先輩からは叩かれたことがない」という。確かに主人は喧嘩っ早いけど、本当に立場の弱い人を叩いたり、痛めつけたりする人ではなかった。

こういった、主人についてのちょっといい話を聞くのは、とても嬉しいことだった。

私たち夫婦は、このような良い友人や知人に恵まれながら、苦しいながらも建設業を続けていった。

そして、筑豊の建設業界を語る上で外せないのが「談合」である。当時は「談合」と言わず「勉強会」といった。

昭和から平成の初め頃まで、建設業界は何事もやりやすかった。しかし、現在の建設業は建設業法に法り、かなり厳しい制約がある。

そして、建設業の竣工検査は、国、県、市の順番に厳しくなる。工期を切る。手直しを喰らう。そうすると、場合によっては指名停止も免れない。

ただ、よほどの大きな事故を起こさない限り、許可を取り消されることはない。仕事中の事故は労働災害である。作業員の死亡事故になると、かなり手厳しい。指名停止一年ならよい方で、建設業の許可取り消しとなる場合もある。安全管理は、品質管理、工程管理とともに、公共事業の最大の施工条件である。

次に許可取り消しの対象は談合である。談合を繰り返し、他の地域で許可取り消しになった業者もある。それでも、談合を繰り返す。

昭和から平成の初めまで、筑豊の建設業者が行っていた談合の方法は、トーナメント法である。

例えば十社指名を受ける。そのとき指名を受けた業者は、暗黙の了解で談合場所に集まる。集まる場所は、建設組合。建設組合が混んでいるときは、目立たない喫茶店、流行らない食堂などなどである。集まった場所で世話役を決める。世話役は、今度の仕事にさほど色気がないもの（あえて今回の仕事はいらない業者）がする。また世話役をしたくなくても、周りから押し付けられる場合がある。そのときは今度の仕事は縁がないとあきらめる。

その頃の談合では、地域優先という業者の仁義があり、その現場に近い業者が落札するという暗黙の了解があった。

遠賀川の流れに沿って地域を決める。四つに決めた地域以外は踏み込まない。地域優先の良さは、その会社に近い現場であれば、ほうれんそう（報告、連絡、相談）などの経費節減になり、朝駆け夜がけで現場に行くことができ、仕事が目いっぱいできるからである。だからお互いに得する方法で地域優先を守っていく。また、地元で花を飾りたい。

山追三兄弟と呼ばれる、三兄弟の業者がいた。彼らはそれぞれ本店を遠賀川の西に構えていた。三人とも体格もよく、ちょっと怖い。三人通るとやくざも避けて通る。彼らはこう言う。「なんごと、川（遠賀川）向こうから希望するか！」と。怒られた業者は、蚊の鳴くような小さな声で、「よかろうも、希望ぐらいしても……」

地域優先で決まらなかった場合に、トーナメント法で談合が始まる。

トーナメントのやり方は、まず、希望業者の数ぶんのメモ用紙を用意する。例えば、希望業者が五社あれば、「A」と書いた紙《くじ》を二枚、「B」と書いた紙を二枚、「C」と書いた紙を一枚用意する。さいころ賭博のように、ツボ（コップでもよい）に入れて、一応振って、五社に一枚ずつ取ってもらい、対戦相手を決める。同じ記号を持った業者が話し合う。

一社は不戦で待つ。話し合いの結果、次のトーナメントに進む二社が決まる。今度は、その二社に、不戦の業者を加え、また同じやり方で戦う業者を決める。今度はAが二枚、Bが一枚、一社不戦で待つ。そして、最後に残った二社で、最終決戦が始まる。そこで勝ち抜いた業者が、落札権利者となる。話の内容までは世話役は知らない。これが談合の簡単な流れである。対戦の中でお互いに「次のときはあなたに譲るから、今回はぜひ当社に」とか？「この前のお返しで、今回はあなたに譲る」とか？　そう言いながら、対戦相手に借金をして勝ち上がったり、また対戦相手に貸金として残したり、また前回の借金を返して今回は引いたりする。また、余裕のある人は対戦相手にいっぱい貸してこの次大きく返してもらうとか様々だ。そしてみんなは手帳かノートなどにしっかり記録に残す。何年何月何日だれだれに借りる、貸すなどと。でも私は記録しない、頭にしっかり刻み込む、「え、借りてた？　お金を？　いつ？」と、わかっていても嘯く。「またまた、吉田さん、最近貸したじゃないですか？」と相手はそう言って私に手帳を見せる。そこには「何年何月何日ダボハゼに貸金、備考欄に取り立ては難航」と書かれてあった。彼はうっかり開いた手帳を慌ててひっこめる。

古き良き時代。

当時は、入札金額は公表されず、選手になった者が予算を調べていた。

飯塚市の場合、予算を調べるには、市議会議員に調べてもらうか、市の工事の担当職員から、こっそり聞き出すしかなかった。県の仕事であれば、県議会議員か、やはり県の担当職員に聞く。でも担当職員は絶対教えることはない。そこで、見積もりをしてその数字を見せると、「これで落ちるんですか？」（これは予算オーバーと解釈、落札できないと判断、もう一度見積やり直し）とか、「この予算でできるんですか？」（これは予算が安すぎると解釈）と、ぼそっと一言漏らす。これは本来、安いのがいいことであるが、あまりにも予算が低ければ、設計通り仕上げることが困難となり、どこかで手抜きになる恐れが出てくる。それを心配しての言葉だろう。また、自分の担当した工事は出来栄えよく仕上げてもらいたいものだ。

これならいい方で、「一切そういうことは答えられません」と、ばっさり切り捨てられる場合もある。これは若い職員に多い。教えたとなると、上司にこっぴどく怒られるだけならいい方で、首にもなりかねない。

市議会議員や県議会議員がなぜ予算がわかるかというと、議会で公共工事の予算を決めるからである。この工事にいくらか？　あの工事にいくらか？　しかし議員からもすんなり教えてはもらえない。

直接その議員と親しければいいが、勿体つける仲介に頼むとなると、何らかの謝礼がいる。こうして苦労して今回の工事の落札権利を譲り受けた業者は借金まみれで、入札が終わるまで死ぬ思いである。

無事入札が終わると、つらいのも苦しいのも、すべて一瞬で忘れる。これで当社はしばらく生き残れると。

でも、一社でも自社より低い数字、たとえ一円でも安く入れられると、その業者におちる。

逆にこれが単純な間違いではなく、意図的となると、業界ではこれを鉄砲という。単純な間違いであれば、その業者に落札後、契約前に発注者（飯塚市、福岡県、他の官公庁、民間企業など）に、今回落札した工事を辞退させて、そのものを外して再度入札を行うこともあった。

今度の落札した工事の完工金は、先の支払いにばっちりあてこまれていた。それほど、業者は仕事を落札することに命を懸ける。間違ったという業者に辞退させる。これは、仕事が多いときにはできる。が、だんだん業者の仁義もきつくなる。

あるとき、落札権利を譲り受けていたある会社の営業マンが、間違ったという業者にその工事を辞退するよう申し出た（この工事はこの予算でできないとか？　会社の内部事情など、いろいろ言い訳をつけて辞退する。でも、落札したあと、辞退することは不誠実な行為とみなされ、何か月か指名停止となる）。

しかし落札した業者は、落札した以上はこの仕事がしたいと言い出し、辞退しないと言い出した。辞退すると今後指名停止にもなり、入札も何か月か参加できないのではやっていけないと言い出し、一歩も譲らなかった。

それだけ仕事がなかった頃だった。そこで打たれた方の営業マンは会社に伝えず、自分で何処からか暴力団を呼びよせ、その会社に辞退するよう脅しにかかった。

しかしその暴力団は筑豊に仁義を通し、かなりおとなしかったみたいだ。縄張り外では暴れられない。

事が大きくなり過ぎるのを恐れて、同じ入札に参加した業者が両方の社長に和解をさせた。こういう場合は同じ入札に参加した者が仲を取り持つのが最善とされる。事が大きくなり過ぎると、談合をしたということで入札参加者全員指名停止、また、暴力団が動いたことで許可取り消しとなる。

和解方法は、落札者の名義で、そのまま最初の選手（落札することを最初に約束されていた業者）がそっくり下請けをするという方法が以前は行われていたらしい。そして下請けは、落札者のこの工事にかかる税金や最低経費のみ受け持つ。だから落札者は利益が一円もない。それだけ間違うことは許されない。でも、近年これほど仕事が少なくなると、きれいごとばかり言っていられない。どんな和解方法が成立したかはわからないが、それなりにお互いの会社が少しずつ譲歩したらしい。

「これからは業者間の仁義なき戦いが多くなるだろう」とある先輩業者は心配する。

筑豊の建設業者の黄金時代は、間違ったという業者が辞退せず、自分の名義で最初の落札権利者に下請けとして仕事をしてもらう場合は、最初に約束した金額より低くなったその差額をもつけて仕事をしてもらっていたという。例えば、最初の落札予定者から指示された入札金額が百円だったが、間違って九十八円で落札する。落札予定者は九十九円で落札するはずだった。間違った九十八円で下請けに入ると一円安くなるので、その一円を間違ったものが払うのである。

しかしこの営業マンもあっぱれである。懲役覚悟で頑張ったのだ。のちに筑豊の語り草となった。鉄砲を撃たれても、警察には行けない。

どんなに悔しくても、もともと談合は法律違反、わざわざ自分から法律を違反しましたと自首できない。

昭和五十八年から公共工事に参加した私の会社は右も左もわからない。でも、数年、地域優先で行われ、業者の仁義でかなりの仕事が受注できた。

しかし、「吉田さんもそろそろ世話役ができるようにならんと」と、ある先輩業者から言われ、私も世話役をするようになった。世話役をしながらも、常に「談合が崩れろ！」と願っていた。その頃は建設業界も限界だと、早く悟った人たちは黒字でやめていった。これ以上建設業を続けていくと、自分の個人のお金を突っ込むことになると社長が判断したからだという。今なら負債なしに辞められると、賢い選択の仕方である。でも、それはあくまでも余裕のある人である。私たち夫婦は、会社にお金がないときは自分たちもない。個人のお金などない。新旧交代で一つ会社がなくなると、また一つ新しい会社が出てくる。そして、いつの間にか私の会社も老舗と言われるようになっていった。継続は力なり、私が世話役をしていた頃のことをちょっと思い出す。そこは建設業の勉強の場所でもある。だから談合も勉強会という。

——ここは建設組合。

例えば、今回の仕事は遠賀川の西が現場であったとする。この仕事は、指名された業者十社のうち、五社が希望していた。会社の事情で、今回受注したいという業者は地域外でも希望する。

まず先に五社だけ別室で時間を決め、話をさせる。私とあとの四人は世間話をして待つ。そのとき先輩業者たちは現場での泣き笑いの話をする。本当に辛い、冬に生コンが固まらず練炭火鉢を起こし、冷却（ひび割れの原因となる）を防ごうとした。ところがそのとき、型枠が崩れた。下水道管の工事をしているときに土留めが崩れたなど、また一からやり直し、赤字だ。造るのになぜ崩れるんや、と私は思う。土木はもはや土方ではない。造る過程で崩れないようにするのが技術だ。ここで、高度な技術を要すると知る。

借金まみれでやっと手にした仕事、「ところがこれが岩盤で、とても機械じゃあ掘れない。発破を使って砕いたけど、発注者は発破の設計は認めないという。手掘りで設計変更するから手掘りの写真を撮れと言う。若造、お前やってみろ！」とか「予算が十分あると思ったが水が多くて赤字となった」とか「だから入札前にしっかり現場を把握しないとやりそこなう」などなど。水と岩との戦い、私は先輩業者のその講義をふんふんと聴く。まさに勉強会。

四社には四社の長いルーツがある。

別室に入った五人が時間で出てくる。選手が決まらなかったみたいだ。

私は「できる限り話をまとめましょう」と、心にもないことを言う。

崩れろ、崩れろ。競争（たたき合い）になれと、さすれば私にもチャンスがあると。

そして午前中からしていた勉強会が長引くと、私は女ゆえ、「お腹すきません？弁当買ってきましょうか？」と先輩業者に尋ねると、「そうだね、昔は仕出し屋から頼んだけど、みんなきつかろうけん。ほか弁でいいよ。いやいやカップヌードルでいいや」。

そして先輩業者は「昔は料亭を貸し切り、三日三晩徹夜で猛勉強した」と笑う。

私は買い物に行き、言い出した手前仕方なくお湯を沸かし、カップヌードルに十人分お湯を注ぐ。仕出し弁当まではいかなくてもせめて幕の内弁当食べたかったのに！

結果、トーナメントを行い、私は「よかったですね」と顔で笑って、心の中では「クソー、まとまったんかい」（談合成立）と悔しがる。そして借金だらけの選手になったものは、さらにその日の給食代も自分が払う。私が立て替えた給食代を私に払って嬉しそうに、午前中はきちんとセットされていた髪を今は振り乱し、帰っていく。長居は無用、お客さんは帰る姿が美しい。私には、そういうふうに彼が見えた。赤字が出ないようにね……。

5. ダボハゼおんな

平成十四年の頃である。私たちは飯塚市発注の公共工事の談合中であった。ところがそこに、川崎のある組長が急死したと連絡が入った。すると、そこの企業舎弟の添田組の社長は、談合を取りやめて駆けつけるという。

そこで私は「じゃあ、あとの話は私に任せてくれますか？」と提案するが、添田組の社長は「入札まで一週間あるので、また連絡をします」とウンと言わない。「それじゃ困るよ」と私は言うが、「では最終決戦になったら連絡をお願いします」という。

「最終決戦まであと二回戦あるよ、それはどうする？　お宅が勝手なことを言うと、あとが困る。私がお宅の代わりにトーナメントのくじを引こう、そうしないと後が続かない、文句があるなら、今後一切談合はせんよ。少なくとも私に賛同する業者だけは」と、私はここで談合を崩し、各自、自分ができる予算で入札する方向に戻したかった。談合をして落札者を決めると、ほかの参加者は落札者より一円でも高く入札書に書く。競争（材料を買いたたかなければいけないので、たたき合いというらしい）になると、参加者全員自分ができる予算でするので、かなり金額が下がる。なかにはお金を回すため半値に近い金額で入札する業者もいた。それが本来の公共工事のやり方である、競争入札である。入札参加者もさまざまである。けれど、談合になるとそうはいかない。老舗グループが一緒になると、暴力団の企業舎弟と揉めてまで仕事はいらない。それだけ潤っていた。

　そして一人で社長が頑張っている中堅層の会社は、地場以外の大手の下請けをしている会社が多く、常に専属下請けとして仕事があり、あえて暴力団の企業舎弟ともめてまで仕事はいらない。日本の下請け技術は世界一と言われる。建設会社は下請けなくしては成り立たないほど下請けは優秀であった。しかし私の会社はそうはいかない。三ちゃん経営に毛が生えたぐらいだ。企業舎弟に遠慮するなど悠長なことはできない。私の会社は遠賀川の東方であった。だから当初は、東方の仕事は私の会社が受注することを誰も文句を言わない。でも、地域優先もだんだん通らなくなってきた。それほど仕事が少なくなっていた。ひとつ譲ると、またいつ自分にチャンスがあるかわからないからである。

ある先輩業者から教わった。

仕事は役所からもらうんじゃない。業者からもらうんだと。そしてこうも教わる。「仕事がありません。従業員を遊ばせるわけにはいきません。だから仕事ください」と、言いなさいと。

でも、それは一度や二度までは脈がある。でも相手が変わると、「みーんな一緒です。それを言ったらきりがない！」と言われることもある。

添田組の社長はしばらく思案していた。

添田組の社長は私が言い出すと、本当に談合ができなくなると思ったらしい。

その頃、再三延長された石炭六法も一年前に廃止となっていた。鉱害復旧工事（石炭を掘ったあと地盤が沈下して家が傾いたのを補修する工事）も、就労事業（炭鉱が閉山したあと、その失業者を使って施工される公共事業）もなくなり筑豊の建設業者は暗い時代を迎えていた。他県で仕事をする業者も増えてきた。

談合が利かず、業者が思い思いに入札する競争になると、ほうれん草の原理で飯塚の地場の業者に負ける。

添田組の社長は、「わかりました。では私の代わりに吉田さんにくじを引いてもらいます」と言った。

「負けたからといって、私に指を詰めろなどと言わんでよ、痛いけん」と言うと、集まった業者は苦笑いをする。


おっと、申し遅れました。その頃私は五十歳を過ぎ、筑豊の狸ではなく、ダボハゼ女と異名を持つ女社長となっていた。誰が言ったかはわからない。どうしてあんな行儀の悪い、わけのわからない女が出てきたんだろうと。

なんでも食らいつく。でも、私は両親（良心）に従い、私が知っている限り、決して行儀は悪くはなかった。

仕事を欲しがらないと、みんなから行儀のよい業者と言われる。

仕事を欲しがると、行儀が悪いと言われていた。

ダボハゼ女はおいしかろうと、まずかろうと、なんでもほしがる。

相手がだれでも仕事は譲らない、譲るときは条件を付ける。条件とは、落札業者（今度の仕事で落札の権利をもらう業者）から仕事を一部分けてもらい、下請けに入る条件で落札権利を譲る。通称紐付けという。

他にも、生コン製造業、砕石販売業などを行い、土木工事を兼業とする会社などは今度の工事に自社の製品を使ってもらうという条件で、落札権利を譲るという方法もあった。

でもこれはお互いに潤い、いい仕事ができる。

でも、私の会社は土木工事のみであった。

こういう条件は最終決戦で行うことであり、途中ではなかなか条件が付けられない。

でも、私はどこの段階でも「おたくが勝ちあがったら下請け下さい」と紐付けを頼みこむ。だからみんなから嫌われる。

でも、年齢とともにお行儀もよくなり、何事にも先輩業者の指導に従って分をわきまえ、崩れることを願いつつ世話役を引き受ける。

6. 談合廃止

しかし一般住民は、暴力団より怖い談合廃止を訴えだした。

「我々の血税を無駄に使うな。建設業者が談合して予算ぎりぎりに落札すると、税金の無駄使いになる。公共事業は競争入札で行うべきだ。一番安くできる業者がするべきだ、もっと、ほかに税金を使え！」と世論に訴える。

じゃあ、災害のときはいったい誰がいち早く動くんだ。会社に余裕がないと災害にもいち早く駆けつける段取りができない。

平成十八年、飯塚市は周辺市町村と合併して、公共事業の入札制度を大きく変えることとなる。指名競争ではなく、その工事のランクに合う業者を全員入札に参加させるようにした。

その工事の入札条件がそろう業者であれば、だれでも入札に参加できるのだ。

今までは指名競争であった。飯塚市の指名業者はランク付けが四段階に分かれていた。先に述べた四つ構えとまた違う。ただ老舗グループは一番上のランクが多い。三ちゃん経営は一番下のランクが多い。

工事金額によりランクを指定する。これは土木のランク付けであるが、その当時、一番上は七〇〇〇万以上、二番ランクは三〇〇〇万から六九九九万まで、三番ランクは一〇〇〇万から二九九九万まで、一番下のランクは一〇〇〇万以下と分けていた。

ちなみに私の会社は二番ランク、三番ランクを行ったり来たり、一年一年経営審査があり、その年の審査状況でランクがきまっていた。

しかし、ランクがあっても、指名を受けなければ入札に参加できない。指名競争の指名に入るために、ここに各界の力が動く。もちろん企業努力も。

しかし指名を受けない業者などの不公平をなくすため、全業者入札に参加させるようにした。一本の仕事をめぐって二十社か、場合によっては三十社が指名会場にひしめき合う。

それでも、業者は談合する。

そこでついに飯塚市は、指名競争ではなく一般競争入札に変えた。市のホームページで工事の内容を記載して、参加申し込みを募る。落札金額まで公表しだした。これは予算を調べるため不正が動くからだ。だから入札会場でしか参加者がわからない仕組みとなった。それでも、一社一社入札の有無を確認して談合しようとする懲りない業者たち。しかし、もはや参加の有無を調べるのは無理であった。なかには「貴女たちが談合ばかりするので、こんなになったんですよ！　こちらも迷惑です。参加の有無は一切答えられません」と、ちょっと気骨のあることをいう業者もいる。

業者はついに談合をあきらめた。そして最低金額（これ以上下げて入札すると設計通りの仕事ができないと判断されたぎりぎりの金額）が公表された。入札参加者全員最低金額、そこで落札者はくじ引きにより決める。

あとは運しだい。

主人のある友達がこう言う。

「はああ、我々の血税で行われる公共工事をくじ引きで決めるなんて。会社の構えや実績は関係ないと、そんなのおかしいよ。宝くじじゃあないよ！」と、でも、くじに当たるのは宝くじより、むつかしい。

「でも、このやり方しか、公正かつ正義性にあふれた入札制度を行うことはできません。業者が談合ばかりして税金の無駄使いと、一般住民が訴えたのだから、このやり方しか一般住民の納得する公共事業が行われないみたいですよ、飯塚市の苦肉の策です。これで税金の無駄使いはなくなります。最低制限価格で行いますので一つ手直しがあると赤字です。業者はきついばかりです。でも、手抜きはしませんよ」

かつて、談合ばかりしていた私は、正義性にあふれたもっともらしい顔をして偉そうにそう答える。

県は今でも指名競争であるが、でも、参加は希望者だけである。最低制限価格も公表され、おまけに電子入札、申し込みから入札、落札までカードひとつで、コンピューターで行う。

田川や他方の業者のなかには、談合が利かない時代に突入した飯塚市から地元に引き上げ、別の仕事をしだした者もいた。本店を飯塚に構えないと、飯塚では入札には参加できない。さすれば仕事も取れず経費だけがかかる。今年度、売上ゼロでも、税金はかかる。事務所の最低光熱費もかかる。

税金の完納が第一条件とされる指名制度、税金の完納額が多いほどランクが上がる。だから利益が出てなくても赤字とせず、税金を払う業者もいた。税金の納期に完納できないと、指名は受けられない。

かつて私は若い税務署職員と大声で喧嘩したことがある。「税金を払わないのではない！　払えないのだ！」と。

日本全体が少子高齢化の時代を迎える。建設業者も平成二十年頃から介護事務所や老人ホームなどを一斉に経営しだした。けれど、それは余裕のある人たちの話である。

私の会社は建設業を続けていくしかない。建設業で必要なトラック、買った当時は家を建てるより高かった重機も、建設業をやめて売ろうとしても二束三文である。同業者に「やる」といえばもらってくれるだろうが、買うものはいない。低振動、低騒音、公共事業のさらなる施工条件の環境対策に考慮した新製品が次から次へと開発され、売り出されるようになっていた。だから売ろうとしてもただの地金である。

主人は事務所がぼろぼろでも、仕事に必要なトラックや重機にはお金をかけた。でも経営はきつい。

つまり、ぼんやの借金はぼんや。建設業で作った借金は建設業でしか払えない。

第三章　川田の姉さんとの再会

1．その後の川田の姉さん

会長亡きあと、川田の姉さんとは菜々姉さんの店でたまに会う程度になっていた。川田の姉さんは会長亡きあと、細々と金融などをしながら暮らしていた。会長がいた頃、長い勤めに出た者が帰ってくれば、川田一家がなくなったあとも面倒を見ていた。

川田の姉さんからたまに「茂雄元気？　飲もうか？」と電話がある。川田の姉さんは菜々姉さんが亡くなってからは、嘉穂劇場の裏の小さなビルにあるスナックによく行っていた。若い衆が長い勤めから帰ってきたので祝ってやろうという。主人は私にも行こうと言ったので二人で行った。会うとその若い衆はとうに八十歳を過ぎているみたいだった。そこで絵を覚えたと言い、主人に一枚絵をくれた。

主人はそっと「絵のお金」と言い、その人のポケットにお金を入れていた。

また、菜々姉さんが亡くなったあとは、私たちが川田の姉さんをたまに蓮子の店に誘った。

川田の姉さんは任俠道の歌がドスのきいた声でうまい。ちなみに私は、苦しい恋とか切ない恋とかの経験がないので、学生時代に流行っていたフォークをうたう。

それ以外は川田の姉さんと会うことはめったになかった。

2. 最後の東の砦

ある日、まだ談合が通常化していた頃、川田の姉さんから電話がかかってきた。

「よしちゃん、ちょっと相談があるんやけど、茂雄に連絡してくれる？」と。

私は一瞬お金の相談かと思い、どうして断ろうかと勝手に先走りした。主人はどこからか借りてでも貸してやりたいだろう。でも、その頃の私たちに借りるところもはやなかった。銀行もパンパン、実家の親、主人の姉すべてたくわえを空にしていた。

実家の兄からは父亡きあと、「弁護士代は出してやるから、お前は会社も辞めて破産しろ」とまで言われていた。でも、夜逃げするお金もない。

そこまでしていったい何を守ったのだろう、他人より乗り遅れた事業を頑張ろうとする主人、みんなからすぐつぶれるよと言われ、姉たちからももうやめたらいいと言われた。いつも金策で苦しいばっかりだった。しかし仕事を仕上げたときの満足感は本当に充実したものだった。

どんな小さな仕事でも、きれいになった道路が出来上がる。そこをみんなが通る。崖がくずれた危険な斜面を修復し、みんなが安心して通る。

私は私の会社の監督たちにこう言う。

「うちの会社はほかの業者に嫌われているから、一遍たりとも建設業法を違反したらいかんよ。ここぞとばかりすぐチクられるよ」と。

その頃丸投げ（そっくり下請けがする）禁止と特定建設業違反（一定の金額になると、下請けを使う条件や技術者の資格も厳しい）などで指名停止になる業者もいた。蛇の道は蛇、その道に携わったもの（建設業者）にしか、その違反は見抜けない。

ところが敵もあれば味方もある。あるインテリ業者が私に教える。

「技術屋は二人以上いないと、一定の金額の工事には入れない」と、そして毎年行われる経営審査の点数が上がる方法も教えてくれた。やはり技術屋の確保が点数の一番上がる要素、そして会社の利益率も点数を左右するという。

彼は次から次に変わる建設業法をしっかり学び、ランクも一番上のクラスだった。

そういう手前監督には建設業の勉強をよくさせた。私もした。でも、あいかわらず主人はしない。

でも、主人がいなくなれば建設業はやめようとひそかに決めていた。私一人であればうどんやでも働ける。ただ会社が潰れたら、主人はここ飯塚では生きていけないだろうと思っていた。

ある業者がこういう。「夜逃げは贅沢ばい。三千万ほど貯めんとよそに逃げられんばい、誰も知らんとこであとはどうすると、それに、三千万はとても貯まらんばい」と。

でもこの業者は逃げることなく、建設業をきっぱりやめた。今はやりの「土地さえあれば」のアパート経営に乗り出した。資材置き場にアパートを建てた。今はいいのか？　悪いのか？　巷の話では、住宅メーカーだけが儲かるらしい。

そして、お金がないなら辛抱する。これも贅沢な話と思う。自分が使わないで、辛抱するのは当たり前、でも払わなければいけないのに、払えない、この葛藤をどう辛抱するんだ。

川田の姉さんは約束した喫茶店に、型枠大工になった若い衆を連れてやってきた。今は堅気で型枠大工としての腕はいいと聞く。やってみなければわからないものだ。

私は張り詰めた気持ちで川田の姉さんの話を聞く準備をした。主人としては川田の姉さんの頼み事は絶対聞いてやりたいはずだ。よほどのことがないと訪ねてくる川田の姉さんではない。

ところが川田の姉さんは意外なことに、「茂雄、豊前建設って知ってる?」という。知っているどころではない。今度の入札で最後まで譲らず、私の会社に何度か、社長と営業マンが訪れていたが、まだ返事をしていない。私の会社は豊前建設と競争するつもりであった。しかし談合が崩れると、先に豊前建設に譲った業者も競争してくる。それが業者のルールである。その会社は、私の会社以外は入札参加指名を受けた業者を個別に訪問し、落札の権利をすでに譲り受けていた。ここで私の会社がウンと言わなければ、すべての業者とも競争になる。

先にも言ったように競争（たたき合い）になると地場の業者に負ける。だから逆に談合が崩れるのを待つ業者もいる。

でも、一応豊前建設に譲り、ダボハゼ女が絶対ひかないだろうと期待する。この会社は今まで入札になれば、必ず落札していた。

ついに豊前建設は川田の姉さんに頼んだらしい。この会社は行橋系暴力団の企業舎弟で親分格もトップクラスであった。金庫版とも言われていた。

平成の初めから飯塚に本店を構え、それからは日の出の勢いでかなりの仕事を受注していた。

今回、私の会社との直接対決は初めてであった。ここでダボハゼ女を落とさなければ格好がつかない、あとはメンツだ。

主人は、競争で負けるかもしれないが、絶対ひくなと私に言う。ここで東の砦を最後まで守ろうと密かに思っていたみたいだ。行橋はうちの会社から見ると東である。

「みんな仕事を他所に持って行かれるわけいかん」というわけだ。

豊前建設は川田の姉さんとは面識がなかった。最初は飯塚のある組長に頼んだみたいだ。

そこの組長が「吉田組（私の会社、株式会社吉田組と称す）とは付き合いがありません。ただ、川田の姉さんが親しくしていると聞きます。川田会長がいたら、福岡のはずれから飯塚に対して、勝手なことを言うな、吉田にやらんか、と言われますよ。でもここは姉さん、今も若い衆の面倒を見ているみたいだから家計はきついみたいですよ。少し謝礼を渡すということ頼んだらどうですか？」と。

しかし川田の姉さんは、一度は断ったらしい。「うちの人がいたら、女が出る話ではないと怒られるし、だいいち茂雄は私の弟みたいなもんよ、逆に譲ってやってよ」と言ったらしい。

しかし熱心な組長に頼まれ、結果はどうであれ私たちに会いに来たみたいだ。

その組長は、川田一家がある頃、会長が親しくしていた組の娘婿で、嫁の父が亡くなったあと、その組を引き継いだみたいだ。元気のいい若い衆も五、六人いた。

「うちの人がいたら怒られるかもしれないけど、今回の入札、豊前建設に譲れんやろう？」と川田の姉さんは私たちに深々と頭を下げた。主人はじっと考えていた。

「姉さんがそういうならいいですよ。でも条件があります。一五％引いた金額で下請けさせてもらえんですか？（一例、百万の工事を八十五万でする。親受けは税金関係、諸経費を払うのみで仕事はせず、十五万入る）」

川田の姉さんは「そういう数字は私にはよくわからんけど、その通り言ってみようね」と型枠大工の若い衆を連れて帰っていった。

一日置いて川田の姉さんから電話が入り、「豊前建設がその条件飲んだみたいよ、あとは両方で話して」と、私は豊前建設の社長と連絡を取り合い、最終一七％で下請けに入る約束をした。

二％譲歩したので主人に怒られた。でも、主人だったら二〇％になったかも。

3. 主人亡きあと

建設業の会社を興してから主人はきっぱり賭け事をやめた。そして私を車に乗せて面倒なことはすべて私に話をさせる。話が終わるまで車の中で大好きな任俠道の演歌を聴いている。

そして談合が通常化している頃、主人に先にお願いしたほうが早いと思う泣き落としの業者に、あっさり譲る主人であった。

でもそれから主人はこう答える。

「ごめん、俺、何もせんむ（会社では専務だった）やけん、社長と話して。でも、手ごわいよ、彼女がウンという何か手土産ある？」

令和元年、主人は長く患っていた糖尿病の悪化で心筋梗塞を何度か起こしたものの、透析を拒んで七十五歳で亡くなった。

でも、わがままな人生を思い通り、そして川筋気質でしっかり生き抜いた。

妻がいて、子供がいて、孫がいて、友達がいて、ちょっと子分も欲しいな！　お金があればもっといい！

そして私には、ほかの奥様にはとても味わえない人生を歩ませてくれた。主人と一緒になっていなければ、私は平凡でちょっとドジな奥様で生きていたと思う。

主人と会社を興してから私は建設業の勉強もよくした。

その講習会場に向かう車に、主人はせっせと私を嬉しそうに乗せていく。

会社は次女の旦那が興味を示し、現在勤めている銀行を辞めて継いでもいいと言っている。もちろんしっかりした経理をしないといけないと言いながら、果たしてどうしたものか？


主人がいなくなったあと、川田の姉さんとは蓮子の店でたまに会う。

「縁あって一緒になったのだから、好き嫌いは抜きに、私も、よしちゃんも自分の旦那をよく支えたよ」と。

「ああよしちゃん、ずぅーっと前の話だけど覚えてる？　二十年ぐらい前かな？　あのときの豊前建設のお礼に若い衆が組長の使いで私にお金を持ってきたんよ。でもね、若い衆もあの頃のご時世、小遣銭もなかろうと、そのまま封を切らずに組長に内緒であんたらが遣いい！　と言ってやったんよ。いくら入っていたかは知らんけど」と言う。川田の姉さんらしい。そして姉さんはドスのきいた声でこう歌う。

「親の血を引く兄弟よりも、かたい契りの義姉妹……」♬〜


新型コロナウイルスが世界を席巻した令和二年。国の財政は窮乏化し、ますます建設業界は不況である。

でも私は、今度はどこに食らいつこうかと考える。でも、主人がいないのでダボハゼではなく、ハゼぐらいにしないと、盾がないので世間の風当たりが強かろう。

追伸

主人の取り巻きたちは主人のもとからひとり、またひとりと去っていき、またどこかで誰かにつき、生きていったと思う。でも、たまにひょっこり主人に会いに来る者もいる。そのときは何らかの手土産（主人の好きなセリとか蕗など）をもってくる。主人は裏切られたことをすっかり忘れて人一倍喜ぶ。そして小宴会が始まる。彼らは不思議に、その後亡くなったと他人づてに聞くことが多い。私は思う。自分の死期もわからないまま最後に主人に会いに来たのだろうと。

「義理があるから土方を手伝わなければいけなかったけど、土方はどうしてもできなかった。大変なときに加勢できなくて黙って出ていってごめんなさい。どこに行ってもいいことなんか一つもなかったよ。これお金がないから採ってきたよ。食べて！」

と。

〈参考資料〉
『目で見る筑豊の１００年』（香月靖晴著・二〇〇一年・郷土出版社刊）
「飯塚商業高等学校同窓会資料」二〇一九年

著者プロフィール
遠賀 郷故（おんが さとこ）
福岡県福岡市東区出身
昭和26年4月29日生まれ
現在　福岡県飯塚市在住
学歴　昭和45年3月福岡県立香椎高等学校　普通科卒業
職歴　昭和45年4月～昭和47年12月　第一復建株式会社　測量部勤務
　　　花嫁修業で退社
昭和58年12月～現在まで　建設会社取締役
（うち昭和58年12月から平成28年10月まで代表取締役）
国家資格　一級土木施工管理技士　宅地建物取引士
　　　　　排水設備工事責任技術者　特定化学物質等作業主任者

川筋気質とダボハゼ女

2021年4月15日　初版第1刷発行

著　者　遠賀 郷故
発行者　瓜谷 綱延
発行所　株式会社文芸社
〒160-0022　東京都新宿区新宿1－10－1
電話　03-5369-3060（代表）
03-5369-2299（販売）

印刷所　株式会社フクイン

ISBN978-4-286-22587-6